当代诗人自选诗

云翻过了那座山

离离 著

中国书籍出版社
China Book Press

图书在版编目（CIP）数据

云翻过了那座山 / 离离著 .—北京：中国书籍出版社，2018.5（2024.1 重印）
ISBN 978-7-5068-6839-6

Ⅰ.①云… Ⅱ.①离… Ⅲ.①诗集—中国—当代 Ⅳ.①I227

中国版本图书馆 CIP 数据核字（2018）第 066038 号

云翻过了那座山

离 离 著

图书策划	牛 超 崔付建
责任编辑	牛 超
责任印制	孙马飞 马 芝
出版发行	中国书籍出版社
地　　址	北京市丰台区三路居路 97 号（邮编：100073）
电　　话	（010）52257143（总编室）（010）52257140（发行部）
电子邮箱	eo@chinabp.com.cn
经　　销	全国新华书店
印　　刷	三河市华东印刷有限公司
开　　本	880 毫米 ×1230 毫米　1/32
字　　数	70 千字
印　　张	6.5
版　　次	2018 年 5 月第 1 版　　2024 年 1 月第 2 次印刷
书　　号	ISBN 978-7-5068-6839-6
定　　价	58.00 元

版权所有　翻印必究

目录 / Contents

001　赞　美
002　在新华书店
003　童　年
005　瓷
006　坦　白
008　童年记事
010　那时候
012　那些蓝
013　蝴　蝶
014　蘑　菇
016　我愿意
017　祭父帖
019　灯

021　这便是爱

022　我要的蓝

023　乳　房

025　其实哪朵花都不认识你

027　拥　抱

029　做一件悲伤的事

031　绳

033　我喜欢简单的事物

035　碎了的一只杯子

037　对火车的一次臆想

038　如　此

039　苹　果

040　宽　恕

041　恋

042　带　刀

043　眷　恋

044　天黑了

045　带你去见一个人

047　短歌

048　水　声

049　写　信

050　——啊

051　今　天

052　我们不说再见

053　洞

054　包　裹

055　碑

056　山前雨

057　坟　墓

058　酒

059　余　生

060　再慢一点

061　孤独记

062　渔　网

063　望　月

065　叶子的味道

066　柚　子

067　无

068　梨

069　亲爱的生活，亲爱的羊

071　闭着眼睛说爱

072　有时候

073　牧羊人

075　草原的女人

076　草原上

078　远　方

079　暮　色

080　万　物

081　我们去找人

082　向日葵

083　光

084　六　月

085　乳　名

086　我们去看桃花吧

087　母　亲

088　元宵节

089　就到这里吧

090　凌晨两点

091　我吹过一支笛子

092　从兰州向西

093　我喜欢薄一点的书

094　土

095　在夏河拉卜楞

096　鸟飞鸟的

097　辽远的蓝

098　每天消失一点

099　命

100　风　说

101　秘　密

102　在郎木寺

103　草　地

104　哥　哥

105　墓　志

107　愿——

108　旧日时光

110 鱼　赋

112 山　中

113 糖

114 夜

116 山坡上的果实

118 那些年

120 再差那么一点

121 继续爱

122 再继续

123 等　候

124 信

125 他们终于分开了

126 夜晚的河流最深

128 衰　老

129 那　里

130 解　释

132 孤独的孩子

133 无处可去

134 深　入

135 其　他

136 低　处

137 一　生

138 这些就够了

139 关山上

140 过桥的时候

141　妈妈的家

142　鱼的想法

143　忐忑的青春

145　情　人

146　风吹我

147　那些桃花依旧开了

148　另——

149　和美一样

150　每一天

152　房　客

153　很多事

154　青　灯

156　鱼

157　月亮和光

158　所有的天线都像花在盛开

159　没有鸟的电线

160　想

161　行　走

162　安静的时光

163　秋风过后

164　吐鲁番的葡萄熟了

165　这些还不够

166　一切都有可能

167　仿佛一朵春天闯了进来

169　槐　花

170 在车站
171 暗处的河流
172 他就是一切
173 遇
174 我　说
175 两棵树
176 景　象
177 在人间
179 猫
181 栗　子
182 冬　日
183 慢下来
185 风　吹
186 咖　啡
187 识字课
188 一场雨
189 在秋天
190 日　食
192 是时候了
193 核　桃
194 这么多年

赞　美

清晨我听到鸟鸣
听见雾气打湿枯树枝的声音
听见自己在新空气里醒来
发丝上滴下小小的歌谣

——多么美
这个世界除了赞美自己
也赞美了我

在新华书店

此时,我多么小
任意翻开的一本
都可以藏住我
小小的舌头,迷茫的思考
我多么小
像走在无垠的旷野上
植物长起来就是
一排。人们都是陨落的星
躺在那里就是
一排。这些背井离乡的纸
想要拯救人类的欲望
连成一片这是下午三点的新华书店
我像一个和上帝妥协的
苹果。渐渐呈现出
淡黄的无知

童 年

这个小城没有我的童年
只有我正值童年的孩子
他的双脚从被子里呼之欲出
他在熟睡,蓝天刚刚被打开
这一对将要飞起来的鸽子
我俯下去,吻
似乎要沉入大地
我爱这小小的峡谷,激流,和他喜欢的
广场的石羊,或在马路的一边
和小朋友玩弹珠,他喜欢一半英文一半汉语地
和我说话。他的玩具,笑嘻嘻地躲在卧室里
等他放学回家

他说
我爱你妈妈 ——
他一口气朗诵完十几首诗歌

他在每一秒溜走的时间里
慢慢长大

瓷

接到电话的时候
我正在挑一个杯子,在众多的
瓷器面前,我惭愧,这么久了
才遇到它
来自外省的声音,多年已不曾听过
突然从耳边出现
我惊叹,这么久了
才找到他
他是孔雀怀中碧绿的
中年男人,在某个城市的窗前
侧光正照着他
渐近斑驳的额头,这样的画面是我熟悉的
正如手中之杯,水纹泛着轻微的光,映着
我被暮色打湿的脸

坦 白

和生活妥协的时候
我想到了井,低陷,顺从
也想到水,流到哪里
哪里都有爱情和
怀念。但想到井水
我的身子就绝望般
颤栗

曾经从井里取水
随着绳索,桶下去
水被提上来,低头间
看见自己的影子
在水里晃来晃去
再一低头,就感到眼底的潮湿

就感到一只手

从我的身体里取水
每次一到井边，我就恐慌
怕一低头
就忍不住，什么都没有了

童年记事

我发誓,那时候天更蓝
我们坐在樱桃树下,小如樱桃
小齐的鞋子
破了个洞,我们就往里面塞石子
黄昏里,妈妈们喊吃饭
我们就在偌大的黄昏里
像动物
逃窜。那些时光多么好
豌豆花刚开过一半
我们相约
去摘豆角,挖甘草黄芪
月光轻柔的晚上
我们几个挤在
小齐家厨房的土炕上
一条旧被子
裹住几颗幻想成熟的

小月亮
我发誓,那些幽蓝的光
至今让我怀念

那时候

那时候是一群
童年的孩子,在乡下
我们都穿布鞋,扎小辫
喜欢像蛐蛐透明地叫着
春天时爱杨柳,爱小四家的哥哥
夏天时村口放电影,我们坐小板凳,嗑瓜子
那时候月亮很大
一抬头就看见
它挂在堂叔家的阁楼上,堂姐在秋后出嫁
我们都羡慕的
新娘子,披红戴绿
冬天的雪
很快就掩埋了
玉米地,麦垛和柿子树
麻雀叫着,从一朵枝头飞到另一朵
树木比任何时候都空旷

那时候天很蓝，我们
赶着母羊和羊羔，羊低头吃草，再低头时
草就没了，我们眼里只剩下
成熟的田野
和光秃秃的田野

那些蓝

开始时,一切都还是未知
村子里四处都长满了树和庄稼
我站在草中间
多么遗憾,我从它们之间
走了出来
就有了郁郁葱葱的心思

那时候,能和你在一起说说话
很好。说到彼此的心,我们相视而笑
仿佛击中的就是对方
那时候,麻雀飞过高高的电线
我靠着电线杆
听一首老歌,抬头望见远处的影子
以为飞走的是自己

天空很蓝,总以为剩下的那些蓝
就是你

蝴　蝶

我这只蝴蝶，就是为了你
开的，就是为了
一生再也不会出现的
少女时代开的
我和花朵拼命
挤在一起
就是为了你能看见花
也能看见我

蘑 菇

那些
被我在树下新发现的蘑菇
都是幸运的
我把带来的篮子
悄悄放下
那些簇拥在一起的
应该是过着美好生活的
一家子
父亲在厨房
已经烧开了水
他想豁出去一次
把那些蘑菇煮熟
不管毒有多深
他不让我吃,要我在关键的时候
救救他,他这么说话的样子
真可爱

我猛地

掰开那些挤在一起的

植物

我听见自己内心里

强大的哭声

我愿意

你不必对我承诺什么
我愿意是蓝,你抬头看天
你想我
是蓝背后的一滴
是你低头间,眼底隐藏的
那些湿,我愿意
顺势掉下去,永远
愿意承担风中那些由我而起的
紧张、骚动

像风
突然而至,每一次出现
都是一种意外

祭父帖

最近我很难过,唯一能想到的亲人就是你
可你在深土里,那年我们一起动手把你埋了,
我很后悔。现在。
也许你试过很多种方式,想重新活过来。
要是选择植物,你一定能高出自己大半截了。
可你坟头的草,长高的那些都被村里的傻子割了。
我刚刚从田边走过,每年的庄稼哥哥都收了,
他说你也不在其中。
如果,你选择的是昆虫,我不知道
你会喜欢哪种昆虫的名字。
那时候家里飞进一只七星瓢虫,你会马上捉给我看,
就在你的手心里,红色的身子上有黑斑点。
现在我的左手手心里捧着一只,貌似多年前的那只。
我右手的食指正要轻轻地碰碰那只觅食的蚂蚁,它真瘦。
我反复寻找它的骨头,突然就触到你的。
已经不能再瘦了,那些骨头。乱了。散了。

十一年间,我是没有父亲的孩子,但想象过
很多种骨头排列的形状。即你的样子。
原谅我,父亲。
也许就是这只蚂蚁和它的同伙
动过他们,改变了原来的你。
之前每次来看你,妈妈说少在你坟前放食物,
怕招来虫子。也许就是这个道理。
怕它们吃着我留给你的食物,
闻着气息,就找到下面的你。
可我每次都没听她的话,也许我真的会
害了你,我可怜的父亲。
这一年我过得并不好,就加倍地想你。
有时在夜里哭醒,睁着眼睛看看
窗帘上的月光,想你若是光,飞来。
你可以上到天堂(是我的所愿),
也可以回到人间(是我所等的)。
光穿不透的地方,再不要去了,比如地下。
我再也不会借着土的力量,把我们分开。

灯

两块多钱的一瓶白酒
他偶尔喝一口
不管喝不喝酒,妈妈都会和他吵架
当时我们已经和哥哥分了家
就剩下三个人
三床被子,一些粮食和不多的债务
天黑时,父亲会拿出那瓶白酒
轻轻喝一口,再盖上盖子
他把喝剩的酒放在柜子里
他把剩下的自己藏在被子里
我从来没有看到过
一个老男人怎么哭
当时我七八岁的样子,有时会拿
他喝空了的白酒瓶子买煤油
不过两里地,他总要叮嘱几次
直到我真的听烦了,跟他嚷嚷

我们用买回来的煤油点灯
我在灯下写作业
在灯下慢慢长大
不知什么时候，我在一盏明亮的电灯下
看见如此苍老的父亲
白酒再也挽救不了他
他躲进被子里
再也没有醒来

这便是爱

还是那张床
只是换了新的床单和被套
还是那间屋子,地面被反复
扫过,甚至看不见
一根掉下的白发丝
光从窗口涌进来
照见的
还是两个人
一个70岁,在轻轻拭擦桌子
另一个,在桌子上的相框里
听她反反复复
絮叨

我要的蓝

此刻,我看到的天空
假如它更蓝一些
是我想要的那种
该多好啊!我不用总这么
低头,抬头,再低头,再抬头
想要看看
它究竟有没有更蓝一些
曾经,我在那么高的地方
仿佛一伸手
就可以够着
云层中的某一朵
仿佛,就可以遇见人群中的
某一个
我曾经
离蓝那么近
而那个人,始终没有出现

乳 房

作为养女,我从来都没敢碰过
她们,即使在她们最饱满的时候

养大我的那只母羊
四岁时我还牵着它
去园子里吃草
用手轻轻摸它身上的毛
也轻轻摸过
为我挤出奶的地方
它被别人牵走的
时候,我站在墙角
偷偷地哭

三十多年后
我给七十岁的母亲
洗澡,在水中,她羞涩地

护住私处和乳房
她转过身,只让我为她搓背

我还是不敢去碰
那对皱巴巴的乳房
她们在衰老的时候
都显得那么遥不可及

其实哪朵花都不认识你

不再说家乡了
因为一切越来越陌生
浮在天空的云朵
也在别人家乡的上空飘着
开在路边的花
也在别的路边开着，落着
村里的孩子们都长大了
不知道名字的孩子
就像花朵一样
遍地开放
其实他们都不认识你
每家的狗都不认识你
你经过时都会吼几声
吹过家乡的风
也会拼命撕扯你的衣角
你经过的田地

都如此陌生
从庄稼中抽身站起来的人
他们才是
这里真正的主人

拥　抱

我们在床上拥抱
月光被窗帘挡住一部分
我们在客厅拥抱
亲人都出去了
我没有别人可以依靠
年轻时我们拥抱
从来没想过以后会是什么样子
你吻我，然后推开房门出去
你带着我的灵魂
在荒郊野外抱着我
你用一株枯草抚摸我，那年刚下过大雪
你用雪地上干净的脚印
爱我。你回来
用眉梢上的霜
再爱我一次
我怀了你的孩子

只这一次

你输了

做一件悲伤的事

我偏爱悲伤多一些
因为照片上
妈妈不再是美人

她可以往脸上涂胭脂
走在黄昏的街道上
米面、蔬菜和水果,甚至药丸
都挽回不了
她曾经美如清晨的容颜

——妈妈
我情愿不停地洗这些小白菜
小芒果,小田螺
小小的物件
把母亲养成老妇人的
小东西

我情愿以此来证明
我的悲伤
源于他们

绳

小时候喝过几年羊奶
我把我的母亲　用绳子牵着
带她去吃草
带她爬在陡峭　但是草茂密的地方
后来他们把她卖了　我的
作为羊的母亲
在她眼中　我是另一只小羊
她简简单单地爱我　喜欢用头轻轻蹭我
被牵走时　她回头
叫我——咩

我宁愿从此
改名叫
——咩
从此，我没割过草　也极少踏草而过
我只愿她们自己枯了　干了

烂在自己怀里
从此我再没见过
绳子那端的
白茫茫的爱

我喜欢简单的事物

全世界的路少一些吧
那样我出门就不会再迷路

全世界的颜色
只留着白色吧
孩子你想画什么
就画什么
孩子你重新描绘一个童年吧
天空的风筝多了
是靠不住的

风也别换着方向吹
风也不要吹完大海就吹回西北
风也不要带着鱼腥味
和战争的味道吹

风请沿着一条铁路
拼命吹吧
我希望那个方向
总有人回家

碎了的一只杯子

那晚我在地板上捡了很多
碎玻璃。我捡起了过世的父亲
和孤独苍老的母亲
那晚夜深人静的时候,我捡起了
自己一张挂满泪水的脸
也捡到孩子正做的一个梦
他喃喃的声音

我捡到的羽毛
鸟儿是一年前死的
我捡到的地名,是老家的
一个原来叫芦漪滩的村子,据说是因为很多芦苇
可我捡到的芦苇,却已枯了很多年

我捡到的雨
被风带到西北就停了

我捡到被我过得不成样的生活
那晚湿漉漉的我在地板上
一双惊惶无措的眼睛
一直无处安放

对火车的一次臆想

火车从兰州开往新疆
火车像一根长线,从我的身体里穿过
一大片沙漠和洞口,也就是
从手掌到眼睛,它反反复复
像我们期望中那样
内心越来越紧,我离你
越来越远了。

有时候火车
像沙子一样钻进一座山
之后泪一样　流出来

如 此

下午她出去,穿素色的
衣服,略显犹豫的时候
她出去,不是去和谁见面
她只是去几个熟悉的
地方,接一个人回来

之后
她打开厨房的窗户
她烤土豆,也削苹果
她坐下来,吃东西
她坐下来,看着空空的椅子

苹　果

苹果花开了,苹果熟了
苹果就是新的悲伤
每一次走进果园
我就离悲伤
更近一步,现在具备的这些
深夜里突然而至的
即使看不见新的苹果树
我也像果子一样
一会儿酸
一会儿甜,总捉摸不透自己
夜里我想把苍老的果树抱紧
可醒来时发现只抱着
树叶上的自己
我想说出什么
内心深处的秘密或阴谋,却像苹果
刹那间就熟落了

宽　恕

我在人群中终于找到你了
求神宽恕我的眼睛
我们相遇了
求神宽恕我们走过的路

我爱上你，不再央求什么
我宽恕自己的心

恋

我这体内,除了排解不了的疼痛
和逐渐袭来的衰老
还有什么,值得你留恋的

这尘世间
除了我看你时慌张的眼睛
和想你时的孤独
还有什么,值得你深爱的

带　刀

我只是一个女人
有时是一把刀

我不知锋利为何物
但是把刀尖对准了你

我的爱,已在刀刃上
闪闪发光

眷 恋

从草原带来的神
保佑我们一路平安
从山顶吹来的风
会把信一遍遍送到你的手上

我开始眷恋这人间
比如星星稀疏的那个夜晚
比如你说爱我
和我微微扬起来的脸

天黑了

天黑了
人间的烟火与我们无关了亲爱的
天黑了,我们还牵着手
我指给你看星星
你抬头,你看见了吧
它们仿佛在遥望人间的灯塔
仿佛安静
内心如莲

带你去见一个人

我指给你看的
你可能没看到的地方
埋着一个人
那时山路还是崎岖的
我在天黑之前要赶到
想最后再见见他

他已穿好新衣服新鞋戴着新帽子
他没有听我的话
准备就么么撇下我

我也不想再听他的话
想披头散发，想衣衫不整
想跪着
用一块帕子蒙着脸

我还能做什么啊
除了撕心裂肺地哭嚎
——不要走啊

短歌

我们拉上窗帘吧
你就找不到我了

我们紧紧拥抱吧
你就忘不掉我了

我们深深爱着彼此吧
你就离不开我了

你就是我了

水　声

第一层冷水落下来
我的身体全湿了
像在冬天
白霜落在残花败柳上
我闭上眼睛
第二层水接着
流下来

最难过的时候就想这样听着水声
一个人洗澡
我不想知道
自己究竟哭了没有

写　信

想写信
想在秋天写长长的信
不写地址，地址在我心里
不写姓名，名字在我心里

想沿路找一个绿色的邮箱
等送信的人走了
等叶子一片一片地落
等你从黄昏里伸出双臂
紧紧抱住
信封走过的每一段
路

——啊

若不是你
我至今都不会用这个词
——啊！我几乎用尽了毕生之力
叫出了声。我泪流满面

我身体里沉睡的森林
也被叫醒了
树冠上的清露
湿润又闪亮夺目
两只鸟儿在告别

——啊！我们也会那样
之后要经历久久的相思

今 天

今天下雨了
今天天凉了
今天,我在西北这个荒凉的小城
想他,和三两个亲人交谈
今天,没有葬礼也没有新生
没有鸽子只有安静的屋顶

今天,我听见他说了好多遍
——我爱你
我想我也应该是这样
我从头至尾仰视过了
众多喜爱之物
土豆、梨、槐花、绿皮核桃和杜鹃都很好
这人世间啊,我再也放不下了

我们不说再见

我们说早安,说午安,又说了晚安
我们之间只有空空的
空气。铁路一条胜过一条的长远

你会从哪条路上来
看我,紧紧地抱抱我
即使你转身
离开,我们也不说再见
我们继续说早安,说午安,再说晚安

洞

真想找一个洞,钻进去
你就再也找不到我了

春天时,不远处的那株植物
你一定以为
她有毒

包　裹

可能是多日之前
也许是多日之后
我拆一个包裹，我的双手
有点慌乱

我感觉那是你
悄悄来了，你的外套上写了
我的地址，你的T恤上
写着你自己

碑

若干年以后,请把我的骨灰
撒向你面前的大海
只留一小撮,你带回去
和你的一起埋了吧
我不想孤零零的

我们的前面应该还有一块碑
你要写上我们的名字
好让我们
还能那么紧紧地
依靠着

山前雨

从山上下来
一些人走在我们前面
似乎刚刚经历过什么
生命是用来忘记的
我走在你的左边
我就记不得右边的雨
落下多少滴
我俩的头发和衣服都湿了
我们刚才对着菩萨拜过
我又忘记了其他事
只感觉这生命
又要重来一次

坟　墓

天都黑了，我想出去挖
一个坟

我爱的那个人还没有来
我只想挖我的坟

我该怎么办
天黑了，我还没有在坟墓中

——活过来

酒

明天我想去看个故人
看后不能再转身的那种

我想给他带一壶酒
一滴一滴地和他说话
说我爱的人,我恨的事

他一定知道
我来的目的

余 生

我轻轻叫自己妈妈
我想快点老去,死去
想再生一遍自己
我想哭出来
声音比婴儿更白

可是我不能
把余生就这么仓促地安排好
还有你
我叫你爸爸
我们一起闪着泪花
像神奇的光
像菩萨的脸

再慢一点

太爱你了,就不知道怎么去爱
去忘记
当我在天黑后
一个人,和另一个自己说话
我胸口的晚风
起伏,有时候吹得急一些
但也有舒缓的时候
太想你了,就不清楚
这人世间还有什么
能再慢一些
到来,慢一点
消失

孤独记

我不可能再爱别人
因为我孤独

我体内有疼痛
一阵比一阵强烈
因为我孤独

遇见你刚刚好
像清晨扑面而来
露水微微荡漾

渔　网

第一次见到的渔网
是被一个渔民背着
走向大海的
我跟在他的身后,风吹来很浓的
鱼腥味
不难想象,他每天也都是这么
把渔网背着回家的
鱼儿逃不出网
他的一天才是完整的

我真愿意那么跟着他
除了眼泪,我对水充满敬畏
我甚至愿意
鱼一样深情地望着他
我当时正处于情感的低谷
曾迷恋一双男人的手
在我绝望的时候宝贝一样捧着我

望 月

月亮，有时也是悲伤的
当我抬头望她
橘黄的光是悲伤的
月亮不会说话，那些光也是
你也好久没有说话了
可我在你生日那晚
还是梦见你了

那晚没有月亮
屋子里很安静
你一定悄悄来过
又离开
半夜突然惊醒的我
赶紧看日历，也看窗外
外面什么都没有
天黑黑的

和你在你的坟墓里
没什么两样

叶子的味道

那时候雪还没有下
那时候天还没有黑
你还很爱我,牵着我的手走路
那时候的叶子
厚厚地铺在地上
我们走在上面像走在云朵上
你说闻到叶子的味道
你说那种味道的时候
我没有看任何一片
只是踩着它们,我们的幸福在它们之上
它们用味道
提醒过我
春天因爱而生的事物
就要结束了

柚 子

我用了今天所有的悲伤之情
我用了今天所有的混浊之泪
独自剥一个柚子
非我所愿,这个冬天的城市
把我撕开了

此时已是万家灯火
在陌生的地方
最恐惧的就是看到
那么多的窗口突然都
亮起来

我的泪绝望地点燃了
我的灯

无

我爱上走路
像爱上刺绣
我不喜欢绣花朵和离别
黄昏和清晨
微风遣送着光就是
我穿针引线

梨

我越来越寂寞
这么说话的时候
寂寞就在我的喉咙里
梨一样堵着
我想说,我的寂寞
就是这只梨

你一定知道了
寂寞的声音,和味道
你一定不喜欢
这样刺痛又甜蜜的梨

亲爱的生活，亲爱的羊

亲爱的生活，在数我的羊
我喝过它的奶，但不记得它的乳房了
已经没有草了，在北方
已经没有风
能为你吹动草了
我亲爱的羊，已经没有眼泪了
风即使吹动了沙子
和我们相似的生活

我的羊
反复啃吃没有草的小山坡
没有回头路
它多么不安
假如草尖像爱人的手指
突然抚摸它的唇

它会不会咬一口
自己。它会不会开口
说话

闭着眼睛说爱

我一伸手,就会失去什么
我一挥手,什么就是回忆
记忆中
风依旧吹着风
风已不记得我
我还是看看你吧
和你不在的房间里
那个没有光的窗子

就像闭着眼睛
说爱。我终于想起这个词
爱啊!

有时候

有时候想走得快一些
看云翻过了那座最高的山

有时候想慢点走
看着影子从小溪里流过

牧羊人

风吹动经幡
每一次
都像是完成一次
盛大的诵经过程

牧羊人的眼里只有羊,没有我
他看羊的目光让我感觉到
短暂的孤独
孤独是因为
草还不够长
马蹄落在草上
马粪落在草上
就显得草越难长高
让我在马背上祈祷一会儿吧
在这陌生的草原上
让我想想

草地是不是充当了我来之前的
远方

草原的女人

山顶上走着一位穿红袍的喇嘛
山下的酥油灯在拉卜楞寺的大殿内
散着光
我突然心慌得厉害
我这是在哪里
为什么,那些藏族女人的背
越来越驼
藏服已经掩不住
她们的手　那样低垂着
伸向草地深处
男人的心脏

草原上

牛羊劈头盖脸地涌来
在草原上
牛羊是势不可挡的子弹
常居草原的神啊
原谅我在悉心忏悔时
又忍不住想了一遍
需要忏悔的细节

就想在草原上走
一天一夜。妈妈找不到我
你也找不到我
在这里，我宁愿

看一只羊低头吃草
更多的羊
在草和草之间

没有怨言和
丝毫的不安

远　方

我似乎没有什么要对你说了
你听，风吹着风声
已渐渐消失
一个人爬一座山时
怕身后匆匆的脚步声
也怕万籁俱静

那时候会想起远方
没有方向的远方
就在山那边

远方就是
你不在我跟前
我忍不住看一眼
再看一眼的
地方吧

暮 色

暮色低垂
我赶完羊群,又去锄草
那时候是童年
山地里的庄稼高过我
荒草高于我的理想

累了就站在那里望一望吧
我早就料到了
山下相聚的人慢慢散了
有人提前上了山
他们把土堆起来
会把人间放下

万 物

天太热了
天太热了我们就待在屋子里
妈妈的黄瓜，茄子和这个小城的故事
都是朴素而又耐听的

再比如，万物之灵
就是水，奔走的羚羊
是花骨朵和
一群晨读的孩子们
我希望能领着他们
今天比昨天更快乐一些

我们去找人

突然天就黑了
天黑时我还在走路
我不想白白错过这一生
最好的时光

去找一座山,好吧
找一处房子,好吧
我们相互找人
都不用再遇见别人
一定要在天黑之前找到
急匆匆推门的那个人
我有那么多的路还没走完
我要走多少路
才能与你相遇

向日葵

我喜欢向日葵
在风里摇摆,把自己金黄的身体
打开。

我喜欢种向日葵的男人
在每一个夜里
把我打开。
他叫我向日葵,葵花,或者葵。

光

阳台上晾着的衣服
分别是她的他的他的和我的
他们都给了我光
而它们现在
挡住了光
房子里很暗,人间的尽头在哪里
每天我清晨出门,黄昏归来
我重复了原来的路
我看见不同的人
也看见不喜欢的那个
自己。人间的尽头在哪里
我就把她丢在哪里

六 月

六月,最让我迷恋的事竟然是
你爱我

这样,我就有了爱你的理由
半夜里醒来,青草爬满山坡
清晨醒来,鲜花在胸口枯萎
我就这样爱你

乳 名

你叫我的乳名吧,我也轻呼你的
我们一起从小时候开始
慢慢长大
不是突然懂事的那种

我们去看桃花吧

我们去看桃花吧
只看一朵
就知道春天已经比南方
来得迟了
只看一朵
就知道树还没有长绿的山坡上
我们眼里只有
忘记悲伤的一朵

母 亲

那晚我们睡在一张床上
就我们俩
黑暗中什么也看不见
和我当初在她的子宫里
没什么两样
那晚我们盖着同一条被子
我们紧紧挨着的身体之间
还有未脱尽的衣服
我似乎就感觉到她的体温了
就像我当初在她的身体里
却隔了一层
我喊也喊不出来的
疼痛，这些年都被她一个人
受尽了

元宵节

我们没有去放烟花
而是去楼下走走

在院子里,我看见天空中慢慢升起的许愿灯
就赶紧捂着胸口

你一定不知道
那时我对你说了什么

我们都不知道
那些灯,对天空说了什么

就到这里吧

写完一封信
总习惯写上
就写到这里吧,有时候
和一个不熟的人说话
肯定不会多,三五句就想结束
想说,就到这里吧
有时候害怕亲人们走着走着
就会轻声说
就到这里吧,我们再也不能
陪你了

凌晨两点

又过了五分钟
不能再告诉你我今晚做了什么
应该说昨晚
也不能说明天我想干什么
应该是今天
过了这个时间
一切似乎都加快了
风很快就吹走了昨天的
灰尘,又落下新的一些
这个小城总有落不完的土
我不停地给你写诗
写完一页
我就用双手轻轻
压住,顺便也掩盖了
一些往事

我吹过一支笛子

那时候河水还是宽阔的
蛙鸣也是,我喜欢吹笛子
朝着河水吹出的曲子
就会沿着水流走
就会去很多地方
遇见的人,都是忙忙碌碌的人
忙着播种,忙于收割
忙着生育,忙于在低音里离开人世
我还买过一把口琴
不吹的时候就放在口袋里
也许口袋有破了的洞口
所以从我身体里漏掉的声音
一直就没打算停下来

从兰州向西

从兰州向西的那些山上
几乎没有草和树
也就没有羊群
车窗外突然有羊群
是件多么让人惊喜的事情
即使有一只也好
我们看它时,它不一定知道
山也不一定知道
它们也不知道
从兰州向西,最终能到哪里
宁夏,青海或新疆
还是一群羊在吃草的春天

我喜欢薄一点的书

我喜欢薄一点的书
喜欢那种看似说的不多
其实有很多故事的作者
我喜欢总带一本书在身边
喜欢阳光薄一点
只照到前面几页
或最后几页
我喜欢有点悬念的中间部分

那天在陌生的河边读书
书名和流水都可以省略
我在结尾处想起
自己不完整的一生
那是艰难的一个过程
那个下午的阳光
确实很少

土

看到山上盛开的桃花
突然想这么写
山下埋着亡骨
山上开着桃花

土有新土和旧土
新土里长着种子和亲人
旧土里埋着根系和刀刃

在夏河拉卜楞

我们在牛羊之后来到草原,牧羊人不见了
我们在夏河的某一小块草地上,遇见经幡
我们在内心里祈祷

夏河拉卜楞寺,是黄昏里的一口钟
我们遇见的喇嘛,其中有几个还是孩子
他们目光清澈,他们的耳朵里,只藏着寺里的钟声

但在夏河拉卜楞,没有爱我的人
看着我合起的双手,和跪过的地方

鸟飞鸟的

鸟飞鸟的,它飞过了蓝天
飞过冬天,雪下在白色的山顶上
鸟飞鸟的,它没有低头看一眼人间

那天上山的时候
你说有只鸟儿飞过了
我们一起抬头

我们抬头的瞬间
幸福来得那么自然

辽远的蓝

就给我自由的一天,我不要别的。
就给我空旷的一间房子,我不要别的。
就给我一张车票,一个地址,
一个手提的旧式箱子,我不要别的。
就给我转身时的那声轻轻的叹息,
多年来我都在这么想。
再给我苍老的容颜,被刻满时间的伤。
也就是说,我还未经历我想要的。
想起这些时,我目送突然惊飞的麻雀,
天空多么蓝,多么辽远。

每天消失一点

想通了,就不感觉到恐惧了
我们每一天
都在消失一点自己
前些天参加的一个葬礼
多年前就和我们有关
那个日期,也不是一下子
才靠近的
就像下过雪的冬天
雪不是一下子就堆积起来的
风刮走一点
鸟啄去一点
每个亲人的脚底带走一点
都是可以原谅的

命

墙角长着的小野花
开了
那是她的命
开不了
那是季节给了她
另外一种命
我看见她的时候
她已经是紫色了
不知是不是
她想要的颜色

风　说

在哪里都是一样
看见叶子在动
看见下落的雨水偏离了一些
看见低头吃草的羊
草提前动了一下
羊群中　有几只母羊背部的毛
动了　我们同时听见了
它吹散两朵花的情事

每一次迎着风
我的眼睛都会忍不住流泪

证明它经过了
我们的生活

秘 密

躺在抽屉一角的那些信
不用向谁解释
那就是　秘密
笔迹是一位少年的
姓名被一位中年男子依然用着
地址和时间都已属于过去

不用说
已过了二十多年
他们怎么还在那里
像抽屉的一部分
或者隐秘的一部分
某一天
当我意外发现他们
当有些词语从他们中间
跳出来
像曾经的我　突然满脸绯红

在郎木寺

阳光照在屋顶上
也照在喇嘛的衣衫上

我们跟着前面的人
进入一扇门
再进入另外一扇门

离开之前,我多看了几眼
酥油灯和藏区的孩子
内心里果然清净极了,甚至有点怀疑
之前进去的我们
都出来了吗

草　地

关山上，夜晚的月亮很美
唱着花儿的人正年轻
那时，我第一次骑马
在马背上抓着缰绳
心惊胆战
前面为我牵马的人
并不是我的心上人

哥 哥

听说村里的一位老人去世了
哥哥　在给他挖坟的时候喝醉了
被背回家后　睡了一天
怎么能喝醉呢
——在那种地方

也许熟悉的场面让他想起
逝去的父亲
也许是多年后的自己

五十多岁了
还干这样的活
多伤人啊
对着新挖的地方
他能表达什么呢

墓 志

为什么突然会想到这个
仿佛突然的一声尖叫
我也吓到自己了
我的善良　和无知
还没有用尽
我的年龄和爱情
只褪去一小部分
我不敢对着镜子数脸上的皱纹
我每天深爱一位老人
一个男人，一个孩子，一只猫
这都没有错
我还爱过很多擦肩而过的，相遇在地铁里的
和消失在往事里的
为什么突然会想到这个
要不要告诉他们
某一天我终会离开

这个世界　就像去年的那些叶子
离开我 而我不小心踩着他们
在夜里走路的时候
我一定不是故意的

因此——
我和我写过的诗歌
都被深埋在这里
请不要踩踏
任何一处　有碎片的地方

愿——

愿我有足够强大的内心
一个宽阔的剧场
愿我是一个优秀的独角演员
把这一生
演给你看

愿的我身体里有森林、麋鹿和豹子
有蚂蚁和蚊虫
愿一部分流水经过我
更多的一些流过饱经苦难的人
愿我在黄昏
是最美的

夕阳照到的一部分
可能是故乡
也许是远方

旧日时光

怎么说着说着,就到了村口
母亲在纳鞋底
父亲刚刚生起
煤炭炉子,并且熬了满满一锅
红枣小米粥
已经闻到香味了,和炉火的
气息。哥哥去了外地
老屋的门虚掩着,我仍然听见
他们高一声低一声地　说着话
说我小时候
喜欢蹲在这里
给蚂蚁不停地喂面包渣
有几只扛着一块
去了洞里
有的两手空空
像我此时推开

老屋的门
里面有些暗
到处都是土,证明我们很久
都不在这里了

鱼　赋

只剩最后一条白色的
它游来游去
顺便摇一摇它
无尽的孤独
我每天早晨看它几分钟
给它撒鱼食
我每天
就感觉离童年更近一点
这么多年,我总想把自己退回去
个头只比
摆放鱼缸的桌子高一点
我只比缸里的鱼
年长一点
我的身体里
积满了连绵不断的爱
透着水和玻璃

我不好意思说出
自己终于可以回到
踮着脚尖好奇地看看这个世界的
单纯岁月里

山　中

很久都没去了
不知道现在是什么样子
只能远远地看
它上面的草和树，普普通通地生长
因为很久都没去
不知道该走哪条路
在哪条路上，能让我这颗世俗的心
变得安静
能让我遇见小平，十多岁的样子
和我一样
她提着竹篮，挖黄芪，一斤可以卖三角五分

糖

父亲每次进城,都会给我带很多好吃的
其中就有糖,用彩色的糖纸包着
我的第一个爱好
就是收集糖纸,村里孩子当中
我的糖纸最多,最漂亮
夹在语文、数学和美术课本里
有时候不小心
它们就簌簌往下掉,它们就
像羽毛,在童年的教室里飞
真的很美,李平赶紧帮我捡
有些掉在地上,沾了土的
他就用袖子擦一擦
递给我。多年后
那个帮我捡糖纸的人
娶了我

夜

母亲把炕烧热后,再去做饭
我们就在那里,用被子盖住腿和脚
你说这天,冷死了
当初你那么说但现在肯定不行了
即使你伸不开腿
你想说话,我们也只能听见
尖锐的风被什么撕破了,在冬天
你想盖上厚些的被子
我看见雪飘下,后来落下的
很快就覆盖了之前的
即使你冷也不能随便
那么说出来,尤其是
我们之前围着火炉说话,后来各自回房睡觉
在梦里你也不能
告诉我这些
就当我还以为

炕上睡着你,母亲,最边上那个
还是小时候的我

山坡上的果实

有些坟很温暖,比如父亲的,外婆的
有些坟看见了不愿再看一眼
比如学校后面南山顶上的
不是一座,而是很拥挤的
一簇,也不像是花朵
开在充满悲凉的人间
它们究竟像什么呢
我们从山路上跑下来的时候
小高在旁边说,像馒头
或者乳房。只是土做的
她似乎并不害怕
她似乎兴趣未然
就因为我看见那些坟包后突然决定
跑,她不得不跟着
我们原本是要去摘柿子的
可是我们却意外看见

死人结出的果实
挂在山坡上

那些年

那些年,我们手中没有风筝
只有鸟,各种各样的鸟
一抬头就能看到,低头也是
那时候,我就替村里瞎了眼的大叔难过
他去挑水,我在身后帮他看着
高低不一的石阶
我比两个水桶更担心
提心吊胆的一路
他桶里的水都没掉一滴
那些年,都是这么去泉边挑水的
学着大人的样子
我用俩瓶子
盛满水,回到家时
总剩下两半瓶
我知道自己对水还不了解
对瓶子也不了解

就像我对自己不了解
对这个世界也是如此陌生

再差那么一点

再差那么一点,夕阳就要
掉下去,我提着一兜桔子
回家。我喜欢
黄色的,不带修饰的果子

夕阳在远处
做最后的挣扎
也许它就要
成熟,从夜晚这棵大树上
提前落下来
它在我的手提袋里
做最后的挣扎
就差那么一点

继续爱

她不想开灯,灯光太喧嚣
她争取不想他,感到越来越
力不从心
她只幻想着
相爱时爱青草,果实,虫鸣
和白露

月亮从山顶爬上来
就爱月亮

再继续

月光下,在小树林里听时光
悉悉索索
往下掉,爱那时在一起的人
不管他以后苍老成什么样
都想一直
爱着

夜至未央
一切都安静了,只有我和他
听树木撕心裂肺地
抽芽

等 候

我想赶上
花在这个季节唯一的颤抖，月光后退
我想在花园里走动，趁着众鸟还未醒来
我想逮住光
在无声的鸟羽中

我看不见，但是听得到
从手里撑起的伞
从伞下
亮出的自己
没有什么，比此刻的情爱更让人喜欢
我允许花开无声，花落有致
我允许，蝴蝶在暗处，继续黯淡
你在园外等候

信

无数次那样写信,走过大片的黄昏
去寄信,夕阳漫过青绿的邮筒

那时候真美,我的长发里
藏着动人的青春

找不到你时
就在黄昏的长凳上坐着
在光里思索

他们终于分开了

他们终于分开了,距离比想象中要远
不管爱或者不爱,他们终于分开了
这两个做我父亲和母亲的人,之前
没完没了的吵架,摔东西,甚至厮打过的历史
终于结束了。他们彼此孤独
已无法回到从前。现在她70岁
他66岁之后,又像草根一样
漫延了整整10年,每年我去看他
她开始有了轻微的伤悲
岁月忐忑,她不断提到后事
他知道她这样老了吗,那个总想和他对立的
女人,现在已是秋后慢慢沉落的树叶

夜晚的河流最深

那么我想你,低处的河流
一直想漫过沙滩,漫过你
我是这么想的,那些河水也是
每年冬天结过冰之后,越来越像
一个女人,妊娠反应,生育,最后绝经
是我恐惧的。但是我想你
在这样一个雨后的夜晚
广场上跳舞的人
越来越多
灯光和音乐下,黑压压一片
水一般涌来荡去
是我恐惧的,那么多的脸中
我怕认不出你来,后来有人开始放电影
一定是恐怖片,人们月光一样尖叫
月色漫过他们的脸
我在南边的廊下,听一首老歌,继续想你

河水已流过我的眼
你在哪里

衰 老

出生56天
我就已经慢慢衰老
我还不足以深刻地
记住我的母亲,我吃她的奶
我的手还不会摸着她的乳房
还没学会呀呀之声
我的父亲甚至还没仔细地
看过我一眼
我又有了新的爸爸妈妈
和一个家

一年之后,我就有了弟弟健
他长得很漂亮
我新家里的哥哥
也叫健。我有哥哥健,也有弟弟健
我很幸福
我比别人提前遭遇了骨肉离别

那 里

本来周末想去那里
后来又没去,本来想自己经过那片林子
后来只是简单想了一遍
多年前树比现在矮一截
也比现在少几棵
多年前我和他去过那里
树荫正好遮住
我含羞的脸,他本来想摘一朵花给我
后来却摘了叶子
他本来想轻轻抱抱我
却假装用手去挠头发
他的头发那么短
什么都藏不了
他也许还想吻吻我
我突然转身时
他满脸通红

解 释

试过很多种生活的方式
解释　只是其中一种

写诗　是另外一种
还有走路　低头　和妥协

喂鱼的时候
我想象过大海
——太陌生了　我为鱼和自己同时难过
没有人给我解释过
大海究竟是什么样子的

我只能看鱼　也许它们也没见过大海
也许只是来自小池塘　或者某一条河流

也许只是来自过去

哪一天风吹过

就被吹向未来

孤独的孩子

自始至终,她只是一个
看风景的孩子,看被灯光分割的街道
她还是一个人,看不见
另一个自己

无处可去

那些灯光,可以隐去一个城市
隐去大地,大面积的伤
可以隐去若干人的恐惧
那些灯光,比我更加坚强

它懂得包容,宽厚仁慈
它恋着每一处,陌生而熟悉的家门
它就那样赤条条地,出出进进

而我,无处可去
我种白杨
种结满榆钱的
童年的树,我私藏麻雀
我把最小的那一只,抱在怀里
用我开始老了的手,抚摸它
现在的感觉,肯定不同于二十年前

深 入

我深入你的庄园
我深入你的核
我对你的思念

像一滴水
盼望另一滴水
像我和你
隔着大地的衣裳
张望

其 他

眼前是陡坡,她在其中
像在自己的伤口上,小小地
爬行,蠕动
雪花在飞,她在其中
白茫茫的一片,爱着,被爱的光
在闪,她藏住所有的幸福

低 处

我想贴着大地坐下来
我想摸一摸小草,树根
和眼前的亲人

想亲手摸一摸这深深的绿
一年又一年
旧了又换新的衣裳

我就想这么低矮地
和他们生活在一起

一　生

我的体内流着农民的血
我就这么一点
值得骄傲的地方

这些就够了

只要路面潮湿,就证明雨来过
这已足够。大地在舒展
花要大朵小朵地开

还要一片嫩绿的草原
我可爱的羊儿咩咩地叫着
对它们来说,这就够了

一片叶子,就够了
一朵云彩就够了
一只可爱的蜻蜓,她的翅膀下有美丽的遐想
只看一眼,就够了
我对生活要求不多
能预见黄澄澄的收成
我已满足

关山上

一个人坐在草场上
坐在牛羊向往的地方
像安宁的露珠滴在草尖上
我将再次落到
这辽阔的
大地的心脏
山因为太多的绿,而膨胀
地因为太多的绿,而丰满

我坐在更高的青草上
靠着牛羊的心跳
最近的地方

过桥的时候

过桥的时候
你说很老了,一座生于1977年的桥
比我们更老
暮色加深了我们的肤色
我在回忆
每一次过桥
都像在过一种栗色的
苦难,突然觉得
一定是把什么落在桥那边了
究竟是什么呢
你回头看着身后的人
我们很少有这样
空下来的时候
在桥头上看夕阳缓慢
落下去,干枯,破碎

妈妈的家

秋天从我手上抢走叶子
而获得我的悲伤
我在低矮的人群中,却难以
找到它的尽头
是啊,整整一个下午
我带着身体里宽大的露水
和细小的银饰,回到妈妈的家
院子里有乡下最陈旧的
紫兰花,墙角挂满丝网
她喜欢在西边的檐下,做针线
抬头间,就能看见屋后的树洞、鸟窝
和被风吹落的果子

鱼的想法

她从童年开始
望穿我
以为我是水
这些年一直流着
本以为我流过村庄,就会忘记

那是养大我的
第一个鱼缸,温热,善良,四壁都是泥土气
每次在梦里惊醒,我摸着卧室的墙,寻着味
就以为能回到她
心里

我看见她,以为是自己
她在水里游着,她想着背叛
我把她写下来,我就想到背叛
每次给她喂完食,都想把自己
从那个漂亮的瓮里救出来

忐忑的青春

晴朗的夜晚
星光照着村后的路
我等初恋的人
绕开母亲稠密的眼睛
跑过来
最初经过的牛棚
有些破旧,三叔家的狗
拼命地叫着,我希望所有的声音
都暗下去,除了他
和我穿过玉米地
宽大的叶子,把一种好听的声音传过来
他说玉米哎——,他叫我妹子
他猛地掰下一个
一层层地剥
风绕着寂静的村子
吹。他剥开最后的一层

就剩忐忑不安的
青春了

情 人

我愿意他在老地方等我
黄昏使他放不下我,我宁愿
那些街道都是假的
一排排楼房的窗口
都是虚拟的,从楼顶惊飞的鸽子
翅膀是颤抖的

我的情人
想爱我就应该是
蜜蜂
沿着花朵
顷刻间找到我

风吹我

风吹我
风继续
吹我。风无数次,吹在
我的脸上
像我的孩子
在我想他时伸出了他的手

风变着方向吹
吹左边的我,吹右边的我
在黑暗的街上
它陆陆续续吹干了
我的眼泪

那些桃花依旧开了

春风从南边吹来
北山的桃花就开了
去年的风从身后吹来
旧时的花香又浓了,多好啊
在路边,几块无名无姓的石头
无人爱抚
几只无名无姓的鸟,无人注视
很多无名无姓的树,划到张家的地界上
就随了张姓
那些树上,都挂着花苞

像我的灵魂
挂在我的身体上
像我的灵魂
挂在我赞美春天的指尖上
像我的灵魂,香气已越来越远

另——

雨使黄昏晶亮起来
开始时,雨点打落叶子上的
尘土,几只鸟飞走了
雨落在干净的叶子上
仿佛惊醒了很多
和我一样的孤独者
雨就成为
更加孤独的那一个
雨多么难过
一直被风吹落下来
我和他们一样
内心却有所不同

和美一样

和美一样
你躲在月亮的后面
那么不真实。让我充满了想象
除此之外,月亮落下去,只剩下你
可你还是那么不真实
你走后,我站在空旷的大地上
前些天落下的雪
有些还没有化
有些还那样,在我的脚下
吱吱地响
我已经失去了
它们干净的模样

每一天

每天总有那么几个时候
我在马路上,经过上下班的
人群,和他们一样
急匆匆地来去
一转眼都走散了
一转眼,这里的生活又成了
陌生的样子
我就像那么一粒
刚刚成熟
即被剥开的栗子
风吹过时,我的头发乱了一下
我的衣衫摆了一下
我手心里的光
轻轻地闪烁
我的身体里
挤满了密密麻麻的

生活的刺和被暮色掏空的
街道

房 客

多年前
我们租住在十几平米的小屋里
灯光昏暗,房东姓张
屋后有很大一个果园
秋天时,他给我们送些有虫眼的果子
我对那些虫眼
很好奇,拿水果刀轻轻地
削掉果皮,再一瓣一瓣分着吃
风一吹来
树叶在屋后莎莎地响
那些圆圆的虫眼
会带每个小虫子回家
在离果核很近的地方
我会停下来,怕惊动那些
果子里安静的时光

很多事

睡不着的时候
就开始数数,数着数着
又要从头再来
一直想给他写一篇文章
后来却写了诗歌
可惜他都看不到了
想在他的坟前竖一块碑
再栽几棵松树
内心无助时都可以去靠一靠
不管是他还是我
想了很多都没有做的事
我想他能够原谅我吧
每次我去看他
坟头的草会轻轻地动
一定不是风
在吹

青 灯

我给他说
我生存的环境,二楼靠右第二间
第一间是水房,每一天
我都能听到小小的滴水声,仿佛此刻
人间最美的声响
我说养了几盆植物
分别是吊兰、仙人掌和海棠
都是花中平常之物
我是人中平凡之人
他说这种地方只适合两种人
尼姑和诗人
想想也是
每天我在这十几平米的房间里
只喜欢在一个墙角待着,写字,读书,静如青灯
偶尔也望望窗外,一只鸟也没有
我只喜欢关着门,偶尔还随手锁上

我喜欢楼道里的脚步声，仿佛自己还在人间
仿佛我就是人间遗落的那株
婴儿般的植物

鱼

它们看见的
一定是自己想不到的结局

只是其中的一只
真的打动我了。她不停地挣扎,不停地

大口呼吸,我把瓶子里剩下的水
都倒在她身上

我也不知道为什么
会对自己网中的鱼
突然流眼泪

月亮和光

我们很少看月亮
路被街灯照亮,就忽略了月亮
床单换了新的,就忽略了月光
我们很少谈到月亮
只有在听说月食之前
多看了天空几次

天一直阴着
月亮根本没有出现
只有声音很响的摩托车
从我们身边经过,你说
只有声音没有月亮是悲伤的

所有的天线都像花在盛开

我们在下面眨巴着眼睛一起喊
往左转一点
往右转一点
弄天线的人在房顶上
其实他啥也听不见
名叫喜喜,是个哑巴
后来我们才想起改用手势
我们都是八九岁的样子
每天晚上,他会向我们要两毛钱
才让进他家的门
十四英寸的黑白电视机,放在窗口的桌子上
我们都在院子里
一点也看不清楚
每次我都感觉那钱出得冤了
离开时就看看那高高的天线
像花在空中盛开
真漂亮

没有鸟的电线

走了一半的路
就想在路边坐坐,看看已经荒废了的
人间。冬天离得多么近,而雪又很远

雪一定在来这里的路上
鸟儿也是,很多天没看到一只了
一抬头就看到电线。交错,不安
没有一只鸟落在上面

想

漫山遍野的青草
就要黄了,想起一个曾经在这里生活过六十多年的人
枯萎的全过程。尽管我们给他穿了新衣服
给长明灯里不停地添油,灯是暂时长在墙上的一株
植物,过不了几天也会枯萎的

满山遍野的亲人,都改变了生活的方式,喜欢在夜里
不停地走路,尽管白天看起来
他们都是静止的。没有光,没有空气。
再也没有一日三餐的困扰了
漫山遍野的草,尽管看起来都是静止不动的
尽管在它们眼里,我们走得如此匆忙,活得如此疲惫不堪

行　走

有时候就要这样
想一个人
出去。相机握在手中
可我还是有点犹豫
有时候就要这样
犹豫一会儿，才能让我知道
我对你的爱
还是那么深
秋天的叶子都开始
慢慢落了
我对你，还有太多依恋
我们至今
很少在一起合影
有时候就要这样
照不照相都没关系
你抱着我的时候
我一直都这么想

安静的时光

我也是找了很久
才走进这个房间的
我看见它的墙角
尘土落在那里，都是每一天
落下一点，再落下
一点
之前进去过的人
都离开了，就伤害了这里
尘土一层一层
掩住他们的停留的时光
尘土也将
沿着我的脚步
覆盖每一寸地方
我甚至不需要悲伤
多年后也就是这样子
细碎，被所有爱过我的人
深深伤害

秋风过后

应该会留下点什么
它吹走
人间平常的东西
它在低洼处,停一会
给附近的草木
一些始料未及的荒凉,它继续在人间
游荡,它遇见我
吹我的双眼
带来了催人泪下的沙子
和往事。它朝着各个方向
到处都有秋凉
和枯枝
和不断离开人间的人

吐鲁番的葡萄熟了

我爱吐鲁番

像爱一串葡萄

它的甜蜜,光泽和香气

我都要打开

我要慢慢打开

它们内心的阳光,月光和星光

它们悄悄离开的春天和冬天

当火车进入吐鲁番

就是进入一串葡萄深处

进入它的葡萄架,它的叶和茎

两条铁轨和根

细密地交谈

如果我离开

我会在葡萄的内心里哭

把一滴一滴的糖

全哭出来

这些还不够

这些还不够,我触到路边的槐树
就想找到它的叶子
这些模糊的叶子,想毁了我
但是还不够,我的心郁郁葱葱
过完一个冬天,天空还不够灰
蚂蚁噬着我的脚尖,日子久了,它们生锈的身体
想成为我的,想在树下读信,低头
系紧松了的鞋带
这些理由都不够
你离开之后
空气里都是缺陷,但缺陷得不够
我在那棵树下
风吹着我的影子
仿佛什么都没有

一切都有可能

我要的蓝,并没有出现
一低头,却看见水果店的草莓,菠萝
和红枣,各种颜色
都只是一种
我想把脸藏在它们中间
挤在叶子明媚的缝隙里
都有可能,我想成为绿中
泛白的
从春天逃走

仿佛一朵春天闯了进来

这是一天当中最快乐的时候
他开门进来
像一朵春天闯进花园
他推开我的怀抱,想要独自盛开
他换鞋的样子更加迷人
小小的屁股撅着,他在邀请
两只鸽子
和它灰色的翅膀
他踩着它们,走进客厅
脱下蓝色的校服,表现得像个绅士
他绕着沙发走上一圈
丁香开了,白玉兰和海棠吐露不同的气息
应该是黄昏吧
硕大的夕阳绕过窗帘
房间里洒满了金辉
及各色花瓣

仿佛他的水彩盒
被打翻
我的孩子，飞回来了
仿佛一朵春天闯了进来

槐 花

十几年前
我的父亲和母亲
来城里看病
黄昏时,我在小旅馆的门口
一家一家地找
直到门前有棵槐树的那一家
门开了
槐树的叶子很茂盛
几乎完全罩住了
瓦片和门楣
那些叶子,也罩住了
我的母亲藏着病灶的身体
他们就在两片叶子后面
推门出来
面前是
槐花一样盛开的
他们正上高中的女儿

在车站

十几年前,还是在车站
他靠着对面的墙,慢慢坐下去
他的旧衣服,就要露出
灰白的棉,那时候我们真穷
他都不能穿一件更体面的衣服
到车站送我
我挤在等车的人群中间
偷偷看他,他对着我笑
车来了又走了
反复了一两次,最后他急了
走吧,赶紧走吧
我也就回去了——
他张着忘了戴假牙的嘴
空洞洞的
过完那个冬天,他真的走了
再也没有回来过

暗处的河流

我亲手碰到的
一定不是它的流动
而是它的骨头
这么多年
每次在深夜
醒来,时光涌动
外面的光穿过我
落在墙上
把很多不为人知的秘密
藏在墙里
我习惯了
和它们说内心的话
这些年的得失,与无奈
也习惯了听它们
哗哗地
经过我的身体里

他就是一切

他本来就很瘦,很难想象
他会再瘦成什么样子
只剩骨头时,他会成什么样子
隔着土,只剩一把灰时,他会是什么样子
也许他去了山中,枯井里,芦苇丛中
小河边。他去了
一切与生命息息相关的
地方,折磨我
就为了离开时我不在他身边

遇

一生注定要去的地方有
车站　远方　草原　小溪边　竹林
和墓地
一生注定要遇见的人有
亲人　朋友　仇人　爱人
种荷花的人和酿酒的人
这一生，不停地分离，相遇
如杯中酒，有时洒了
如池中花，开了谢了
一生中，我们为了某个地方停留
为了一个人
把自己喝醉
只为了听见彼此内心的声音

我　说

我说走吧走吧
其实是想让你留下来
想看到你不舍的样子
想你身后被挡住的那一部分月色
慢慢锈红的样子
——想这世上唯一的一个
若你走了　夜色空空荡荡
我必定不忍再看
灯光下的自己

两棵树

不能是别的,她一伸手
就是枝干,她的指甲,就是叶子
不是别的,她刚转身
因为风不停地吹
她转身,想看见另外的一棵
她和他
想在风里眉目传情
还想要一些孩子
秋天到来,她怀孕的身子散发出
果子的清香
她的全身
散发着丰收的迹象

景　象

我总是喜欢看看
身后的北山
总喜欢回头
看漫山遍野的树木青草，暂时那么绿
那么张扬
我喜欢在纸上写下秋天，秋凉，和萧瑟
并深深想念
曾经枯萎的叶子
渐入大地
该怎么说清
那些离我而去的灵魂，我移入阳台的几株植物
和我从乡下老家接来的母亲
他们之间若干微妙的关系
灯光下，有时候她俯身看那些花花草草
有时候她突然转身
什么都不愿再想起

在人间

月亮升起来了
照着我们白天走过的路,说过的承诺
写过的信
那是多年前的月亮
升起来了,照着
人间的每一个角落
深藏在眼底的
每一滴泪。我和父亲走散后的
每一个夜晚。月亮照着
小时候的村子,人们抬着他
走过的半亩地
地里长出的庄稼,坟茔边上一茬一茬
绿莹莹的韭菜
怎么也忘不了,在人间
孤独的我不止一次
想一位老人

不在这里的情景

有什么不一样

猫

中午的猫在窗台上
低头往下看
之后一段时间很安静
我以为她掉下去了,像一片雪花
或者树叶
轻易就落到地上
我的悲伤,在秋天重新找到我
不只是为了猫
这实在是一个容易让人联想的季节
后来猫回来了,平安无事
我继续悲伤
因为叶子还没有回到原来的树上
因为雪花也不能
保持它落下之前的样子
我也不能
把楼下跳皮筋的那个小姑娘

搂在怀里
以为她就是我自己

栗　子

我们刚刚吃完牛肉面
我们还在靠窗的位子上坐着
我给他剥一颗栗子
他就吃一颗
他说其实自己不喜欢吃栗子，太麻烦
他说着学校的事
很明显，我们走出面馆时
冬日的阳光照着，他已经快和我一般高了
他穿的宝蓝色羽绒服很漂亮，当然
他本人更漂亮。我们并肩走在掉光了叶子的树枝下
我继续给他剥栗子
他继续说学校的事

冬　日

只是感觉到刺骨的冷，没有别的
花草全都干了，但还是它们
树木也是，尽管都枯萎了
只是感觉到刺骨的冷，没有别的
在山坡上看见的那群羊，比夏天时还多了几只
麻雀也是，来觅食，来望我一眼
就走，没有什么不一样
多年前我拿筛子罩住它们，它们也是望我一眼
再望一眼，想飞但没能飞走
只是感觉到刺骨的冷，没有别的
真的，没有什么不一样
家里的猫在被窝里，流浪的继续流浪
她叫春的时候幸好外面的那只也回应着

慢下来

有更多的理由,天空比以前更
蓝,更加柔软
我看见了麻雀,想起很多
遗忘多年的事,比如鸟窝
恰好在屋后的树杈上
和树相比,那时的我应该更小
指尖刚刚够到
人间最低的树叶
有很多爱的理由
比如那天在峡谷中
我亲手摘掉的几棵
蕨,它们俯首
经过时我听见了它们
的心,就想一直那么低地
活过一生
再比如,端午节回乡下

我是另一棵
植物,脸埋在手里
我就看见了
平常见不到的亲人
越来越多的
越来越低,在土里
他们都依然爱我
想要一切衰老和枯萎
慢下来
是多么不易

风 吹

风在吹,吹树上的叶子
和它的心。吹我这只喜欢写信的手
让我继续描绘
这个原本陌生的地方
和匍匐的水。我们都蕴藏浪花。
她有大坝阻拦,而我
的心在不停地后退,像曾经失败的岸
就在这样的地方,我遇见
的一花一草,一块稻田,城郊的几座人家
和他们委婉的姑娘,那么美,
仿佛饱满的稻子,熟了

咖 啡

我替流走的时光冲着咖啡
我替光影斑驳的手
搅着咖啡,因为孤独,我替
凌晨两点的钟声
喝下它
许多让我来不及思索的事
我咽下去,即使稍有苦涩
我替一个遥远的城市
端起杯子,我说
喂——
我再替你
失手打翻它。我的十指
来不及大声哭泣,一张信纸替我
泪流满面

识字课

我们共同的秋天
在玉米地里结束
一群小学生，在那里上识字课
教我们的李老师，是我的父亲
他一生兢兢业业，那时还没有驼背，也没有
长出白花花的胡子
他孤零零地，领着我们
齐声喊——上　中　下
他教我们大地，祖国，蓝天，白云和星星
当时他的目光一定向上，双手向上举着，放平，再向下
我们都看到玉米地
光秃秃的，风吹过来
干透的土地一阵乱响

一场雨

一场雨,突如其来
下在我们无法抵达的地方
叶子在春天展开,后落下
就这样
秋天提前到来,在雨中
这是新的
多出来的悲伤,之后殃及更多
喜欢悲伤的人,因而我喜欢
这些无法隐瞒的

在秋天

在秋天,一切都将成为可能
听一首歌,我的眼前铺开
丝绸一样的果园
越来越多的草尖
或树梢,越来越多的
金黄的飞虫,被路途延误的
果实,我一直在等
小鸟一样飞来的
月光
小鸟恰好被隐隐掩住身子
枝叶间踌躇的光影里
橙色越来越深的夜晚
每棵树都略显
暧昧,每一张叶子上
月光,略显暧昧

日 食

多日以来,我走过田垄三次
第一次看见玉米地里
站满了受苦的人,女性的,生产的,
那是黄昏,人们准备回家
回到太阳的家里,但是日食
突如其来,也许早有安排
我只是没有准备好,怎么安慰她们
一次还是在玉米地
我穿着别人穿过的旧衣服
一个一个抚摸那些女人怀里的孩子
成熟的,喧嚣的下午传来童年的歌声
我带着孩子们飞快地跑,进入麻雀的内脏,麻袋像旧世界
    的钟声
不停地敲。后来声音填满了它们
也填满了我。第三次
我想不清是在什么地里

我痛苦，泪从三条小路上流过来

光秃秃的玉米秸，整整齐齐

像我家乡的一种乐器，人心慌的时候都去吹它，它就整夜
地响

是时候了

月亮是忠实的,而他不是
他会带着一颗爱我的心,爱上别的玫瑰
他不爱红色的,也不爱黄色的
只爱紫色的那一种
有时候他假装一只蜻蜓
在花丛间飞来飞去,他飞来飞去
眼神重叠在,我的叶子上
他的忧郁是绿色的
覆盖在我的忧郁之上

核 桃

那时父亲老了,干瘦
像一颗成熟的核桃
父亲走后,我总想起
小时候他从老家带来
很多绿皮的
光滑的核桃
我拿石块砸
用小刀切,用手指抠
急得流泪
手被染得黑乎乎的
总也洗不掉
就像现在,最大的一颗
被上帝摘走几年了,我心里
一直黑乎乎的,很想大哭大闹
用岁月的水冲洗
那些黑

这么多年

这么多年,我去的地方不多
来的时候只带了两地间的
几张火车票
带来了叮叮当当的一些声响
我不知道怎么解释
那些声音
一直挤在我的耳朵里
发芽的发芽
开花的开花
最后连根腐烂了
籽又落下来……

这么多年,我听着这些声响
走过来
亲爱的你,你不知道
一个人听着那声有多荒凉